Reçu

p. Ye

645

ODE DE LA

PAIX, PAR PIERRE DE Ronsard Vandomois, Au Roi.

A PARIS,

Chez Guillaume Cauéllat, Libraire iuré, de-
mourāt à l'enseigne de la Poulle grasse, deuant
le college de Cambrai.

1550.

AVEC PRIVILEGE.

LE PRIVILEGE.

IL eſt permis à *Guillaume Cauellat Libraire*
iuré de l'uniuerſité de Paris, de faire impri-
mer, uendre & diſtribuer l'Ode de la paix, cõ-
poſée par Pierre de Ronſard Vandomois, Et
deffées à tous autres libraires & imprimeurs
de n'imprimer ni faire imprimer ladite Ode
durant le temps & terme de deus ans finis
& acomplis, ſur peine de confiſcation deſdis
liures, & d'amende arbitraire: comme plus
aplain eſt contenu & declaré audit priuilege.

Siné P. Seguier.

Εἰς Ρώσαρδον Ἰακώβε Τωπύλε Ἰατρε͂.

Εὖ Ρώσαρδε τ᾿ ἔρεξας πυχτῆ φαίδιμ᾿ ἀοιδῆ
    ρελίω πιεείδας σοῖς καλίω᾿ ἔπεσιν,
ἧς περὶ χεροτρόφου εἰρίωνς τῶ μέγα μέλψας
    Κήνων πιδυσῶν σοὶ σφετέρας χάριτας.

Ἀντωνίε Βαΐφιε εἰς τὸν αὐτόν.

Εἴξατε τῶ γραῖκόι τε καὶ ἴρορες αὐσονιῆες.
    Ἄλλο τι χινᾶται μάζον ἔτ᾿ Ἰλιάδος.

ODE AV ROI.

Strophe 1.

Toute roiauté qui dedaigne
L'humble uertu pour ſa compaigne
Souuent dreſſe le front trop haut:
Et de ſon heur outrecuidée
Court uague, ſans eſtre guidée
De la clarté qui lui defaut,
O Roi par deſtin ordonné
Pour commander ſeul à la France,
Certénement Dieu t'a donné
Ce double honneur des ton enfance.
Lequel (apres la longue horreur
De Mars uomiſſant ſa fureur,
Et l'âpre uenin de ſa rage
Sur ton païs noirci d'orage)
Par l'effort d'un bras ſouuerain,
A fait raualler la tempeſte,
Et ardré alentour de ta teſte
Vn air plus tranquille & ſerain.

Antiſtrophe.

Touſiours le ſage ſe trauaille

A ij

Doubler les dons que Dieu lui baille,
Et les uertus qu'il a des Cieus:
Ta maiesté de méme sorte
S'etudie affin qu'elle porte
Les siennes au haut de leur mieus,
Aussi mainte felicité
Toi, Rói des peuples enuironne
Toi seigneur de mainte cité
Qui se courbe sous ta couronne.
Des long tens tu fus honoré
Comme seul prince decoré
Des biens & des uertus ensemble,
Que le destin en un t'assemble:
Mais ce bien qu'ores tu nous fais
Veut qu'on t'adore d'auantage,
Pour auoir fait reuerdir l'age,
Ou florissoit l'antique paix.

Epode.

Laquelle osta le debat
Du Chaos, quand la premiere
Elle assoupit le combat
Qui aueugloit la lumiere.
Elle seule oza tenter
D'effondrer le uentre large
Du grand Tout, pour enfanter
L'obscur fardeau de sa charge.

Puis

Puis demembrant l'uniuers
En quatre quartiers diuers,
Sa main diuinement sainte
Les lia de clous d'aimant,
Afin de s'aller aimant
D'une paisible contrainte.

Stro.2.

Adonq mélant dans ce grand monde
Sa douce force uagabonde
Le bien heura d'un dous repos,
Elle fit bas tumber la terre,
Et tournoier l'eau qui la serre
De ses bras uagues & dispos.
Du soleil alongea les yeus
En forme de fleches uolantes,
Et d'ordre fit dancer aus Cieus
Le bal des estoilles coulantes.
Elle courba le large tour
De l'air, qui cerne tout autour
Le rond du grand parc ou nous sommes
Peuplant sa grande rondeur d'hommes
D'un mutuel acroissement:
Car par tout ou uoloit la belle,
Les amours uolloient auecq' elle
Chatouillant les cueurs doucement.

Antistr.

Lors pour sa iuste recompense
Le saint Monarque qui dispense
Tout en tous (duquel le sourci
En se clinant pour faire sinne
Iusque au fond croulle la racine
De la terre & du ciel aussi)
Fit soir la Paix à son costé
Dedans un throne d'excellence,
Et dans un autre il a bouté
L'horrible Dieu de uiolence:
De l'un les grands princes il oint,
De l'autre il les picque & les point
Tous effroiés d'ouir les armes
Craquer sur le dos des gendarmes:
De l'un iadis il honora
Les uieus peres du premier age,
Et de l'autre il aigrit la rage
Contre Ilion que deuora

Epo.

Le feu Grec, quand mille naus
Grosses d'horreur & de pene
Enfanterent mille maus
Au bord Troien, pour Helene.
Tandis que le feu tournoit
Forcenant parmi la uille,
Et que l'etranger s'ornoit

De

De la depouille seruile,
Vne âpre fureur d'esprit
Le cueur de Cassandre éprit,
Et comme toute insensée
Son corps tremblant ça & là,
Le fis d'Hector appella
Pour lui chanter sa pensée.

Stro.3.

Bien que la flamme ennemie arde
Nostre vieil seiour, el' n'a garde
D'etoufer pourtant ton renom,
Enfant, dont la race fatalle
Dedans la terre occidentalle
Doit planter de Troie le nom.
Desia la Dunoue t'attant
Sur le flanc de sa riue humide,
Et ce grand marest qui s'etant
Pres des leures de l'eau Pontide:
C'est là, c'est là, c'est ou tu dois
Ploier les peuples sous tes lois,
C'est ou l'arrest des dieus t'ottroie
Fonder une nouuelle Troie,
Resuscitant par ton moien
L'honneur des tiens, & leur proësse,
Aiant uengé dessus la Grece
L'outrage fait au sang Troien.

Apres la deuſcentiéme année
Queuë a queuë en ſoi retournée
I'auiſe un Capitaine né
De ton ſang, quitter celle terre
Entalanté d'aller conquerre
Quelque païs plus fortuné,
Armant tout ſon corps de la peau
D'un Tigre effroiable, il aſſemble
Brauement un braue tropeau
De uint mille Troiens enſemble:
Ie uoi ce troupeau pelerin
Deia bien loin outre le Rin
Enrichir Troie de louanges,
Et du butin des rois etranges,
Aiant trompé mille peris,
Auant que ſur les bords de Seine,
Il fonde une uille en la pleine
Du nom de mon frere Paris.

Epo.

Là, tes enfans donteront
Les rois francs d'obeiſſance,
Et iuſque au ciel porteront
L'empire de leur puiſſance.
Donc ce pendant que les Grecs
Chargent leur dos de bagage

Et

Et nous de cris & regrets,
Donne uoile au nauigage,
Sur l'echine de la mer
Fai les uagues écumer,
Pour replanter notre race
Ou te traineront les cieus,
Et le forçant ueil des Dieus
Qui ia t'a borné ta place.

Stro. 4.

A tant acheua la prestresse,
Et folle du Dieu qui lui presse
L'estomac chagrin & felon,
En rechignant s'en est allée
Nuds piés & toute echeuellée
Sous la courtine d'Apollon.
Lors Francion étant picqué
Par les furies de Cassandre,
Riche de biens s'est embarqué
Voiant Troie blanchir en cendre,
Forcé de la fureur des uens
Il connut la mer par neuf ans,
Tant Iunon bruloit irritée
De uoir Troie resuscitée,
A chef de tens il arriua
Aus bords d'Epire, & là sa mere
Apres sa seruitude amere,

B

Roing entre les Grés il trouua.

Si tost que sa nef fut ancrée,
Il saute au front de la contrée,
Et marchant plus auant encor,
Il uit Andromache pleurante,
Trois fois en pas tristes errante
Cernant le uain tumbeau d'Hector:
Par sacrifice elle appelloit
L'idole de l'ame Hectorée,
Repandant du laict qui couloit
Du fond de sa couppe dorée.
Mais quand son fis elle entreuit,
Vne pamoizon lui rauit
La uois & la begue parolle,
Aiant de pleurs la face molle:
A la fin serenant ses yeus
Pandue à son col, ell's'efforce
De l'arrester par douce force
Violentant le ueil des Cieus.

Lors la tumbe en deus s'ouurit,
Et l'obscur de ses creuaces
Hors des enfers decouurit
Vne ombre de quinze brasses.
Le sang froid uenant toucher

Leurs cœurs detenus enſerré
Tout aplat les fit bruncher
Deſus l'eſtrangiere terre.
Vne uois s'ouit par l'air
Dont le horrible parler
Rechanta la deſtinée
Qui ia deià les haſtoit,
D'autant qu'au ciel ellg'eſtoit
Par arreſt determinée.

Enfant (dit el') donne toi garde
Que ta mere ne te retarde,
Non tes labeurs tant ſoient ils durs,
Mais fui ces champs, mais fui ces riues
Afin mon fis que tu ne priues
Les tiens de leurs honneurs futurs.
Ie uoi deia fleürir ton los
En ce païs, ou la Dunoüe
Traing'en la mer ſes derniers flos,
Et par les champs ou Seine noüe.
Sur l'uñe tu dois maçonner
Vne autre Troie, & lui donner
Le nom de Cicambrg, ou ta race
Vſera deus cens ans d'eſpace :
Mais ſur l'autre, non ſeulement
Mille ans borneront ſa demeure,

Car le Ciel ueut qu'elle i demeure,
Et demeure eternellement.

Ant.

Deus siecles apres que la Parque
T'aura mis dans l'auare barque
Pour aborder aus champs heureus,
Vne grand peuplade Troïenne
Laissera ta uille ancienne
Dessous Iurois le ualeureùs.
Lui né de ton sang poussera
Si courageusement ses bandes,
Qu'à coups d'espée il froissera
Les rois des terres Alemandes:
Et commę un guide diligent,
Bien plus loin conduira sa gent
Outre le Rin, tant qu'elle arriue
De Seine à la fertile riue,
Dans la Gauloise nation,
Et là sera leur demourance,
Changeant le nom de Gaule à France,
Pour l'honneur de toi Francion.

Epo.

Si le ciel m'a fait bien seur
Des parolles qu'il m'inspire,
Il aura pour successeùr
Maint prince dinne d'empire:

Mains

Mains rois de lui ſortiront
Dont les vertus manifeſtes,
Parmi l'obſcur reluiront
Comme les lampes celeſtes:
Entre eus un Henri ie voi
Des meilleurs le meilleur roi,
Qui finira ſa conqueſte
Es deus bords ou le ſoleil
S'endort & fait ſon reueil,
Panchant & dreſſant ſa teſte.

Stro. 6.

France par lui victorieuſe
Ne ſera point tant glorieuſe
De ſon Clouis, ni de Martel,
Non pas de Charlemaigne encore,
Comme ie voi quelle s'honore
Etant mere d'un prince tel.
C'eſt ce Henri qui batira
Les Pergames de notre uille,
Laquelle plus ne ſentira
Le fer meurtrier d'un autre Achille.
Auſſi le deſtin ne ueut pas
Que le Grec la repouſſe à bas,
Affin que ta race eternelle
Eternellement uiue en elle,
Groſſe d'empires & d'honneur,

B iij

Enfantant triumphes, & gloires,
Mille lauriers, mille uictoires
Aiant tel Roi pour gouuerneur.
Anti.
Ainsi dit l'ombre ueritable:
Lors un tonnerre espouantable
Dardé à gauche heureusement,
Elança trois flammes subites
Ratifiant les choses dites
Par Cassandre au commencement.
Adonc Francion etonné,
Dedans son cueur pense & reuire
L'augure qui lui est donné,
Pour le haster en son nauire:
Rebaisant sa mere souuent
Il courba les uoiles au uent,
Tant & tant l'ardeur l'importune
De uoguer apres sa fortune
Pour le ueil des Dieus esprouuer.
Fui donc Troien, toi & ta bande,
Si ton Neueu me le commande
I'irai bien tost pour te trouuer.
Epode.
Muse, repren l'auiron,
Et racle la prochaine onde
Qui nous baigne à l'enuiron

Sans

Sans estre ainsi uagabonde.
Tousiours un propos deplaist
Aus oreilles attendantes,
Si plein outre reigle il est
De parolles abondantes.
Celui qui en peu de uers
Etraint un suiet diuers,
Se mét au chef la couronne:
De cette fleur que uoici,
Et de celle, & celle aussi,
La mouche son miel façonne

Stro. 7.

Diuersement. O Paix heureuse,
Tu es la garde uigoureuse
Des peuples, & de leurs cités :
Des roiaumes les clefs tu portes,
Tu ouures des uilles les portes,
Serenant leurs aduersités .
Bien qu'un prince uoulust darder
Les flots armés de son orage,
Et tu le uiennes regarder,
Ton oeil appaise son courage,
L'effort de ta diuinité
Commande à la necessité
Ploiant' sous ton obeissance :
Les bestes sentent ta puissance

Alechés de ton dous amer:
De l'air la uagabonde troupe
T'obeist, & celle qui couppe
Le plus creus uentre de la mer.

      Antist.

C'est toi qui desus ton echine
Soutiens ferme cette machine,
Medecinant chaque element
Quand une humeur par trop abonde,
Pour ioindre les membres du monde
D'un contrepois egallement.
Ie te salue heureuse paix,
Ie te salue, & resalue.
Toi seule Déesse tu fais
Que la uie soit micus uoulue.
Ainsi que les champs tapissés
De pampre, ou d'espics herissés,
Desirent les filles des nues
Apres les chaleurs suruenues,
Ainsi la France t'attendoit
Douce nourriciere des hommes:
Douce rousée qui consommes
La chaleur qui trop nous ardoit:

      Epo.

Tu as eteint toùt l'ennui
Des guerres iniurieuses,

                        Faisant

Faisant flamber auiourdhui
Tes graces uictorieuses,
En lieu du fer outrageus,
Des menaces & des flammes,
Tu nous rameines les ieus
Le bal, & l'amour des Dames
Trauaus mignars & plaisans
A l'ardeur des ieunes ans.
O grand Roi non imitable
Tu nous aumonnes ceci,
Aiant creu Mommoranci,
Et son conseil ueritable :

Stro. 8.

Lequel mettant en euidence
Les sains tresors de sa prudence,
Ne s'est iamais acompagné
Du sot enfant d'Epimethée.
Mais de celui de Promethée
Par long usages enseigné:
Et certes un tel seruiteur
Merite que la main roialle,
Contrebalance un bien grand heur
A sa diligence loialle.
Il me plest or de decocher
Mes trais thebains pour les ficher
Dedans les raions de ta gloire,

C

Affin que ie te face croire
Que la nourriture d'un roi
De bien loin nos rimeurs surmonte,
Lors que hardie elle raconte
Vn uaillan sage comme toi.

Antistr.

Nul n'est exent de la fortune,
Car sans egard elle importune
Et peuples, & rois & seigneurs:
Cadme sentit bien sa secousse
Et dequel tonnerre elle pousse
Les princes hors de leurs honneurs.
Mais tout ainsi que les flambeaus
Ou du souleil, ou d'une etoille
Tout soudain treluisent plus beaus
Apres qu'ils ont brisé leur uoile,
Ainsi apres ton long seiour
Tu nous éclaires d'un beau iour,
Aians connu par ta presence
Combien nous nuisoit ton absence,
Priués de ton oeil qui sçait uoir
Les piés boiteus de la malice,
Si prés oeilladant la police
Que rien ne le peut decenoir.

Epod.

Et qu'esse que des mortels?

Si

Si au matin ils fleuriſſent
Le ſoir ils ne ſont plus tels
Pareils aus champs qui feniſſent :
Nul iamais ne s'eſt uanté
D'auoir conſacré ſa gloire,
Si la Muſe n'a chanté
Les hinnes de ſa memoire.
C'eſt à toi Roi, d'honorer
Les uers, & les decorer
Des preſens de ta hauteſſe,
Pouſſe ma nef ie ſerai
Des premiers qui paſſerai
Mes compagnons de uiteſſe.

Str. 9.

Plus toſt que les feus ne s'elancent
Quand au ciel les foudres nous tancent
Ie courrai dire aus eſtrangers,
Combien l'effort de ta main deſtre
Maniant le fer, eſt adeſtre
A briſer l'horreur des dangers,
Et de quel ſoin prudent & caut
Ton peuple iuſtement tu guides,
Apris au meſtier comme il faut
Lui lacher & ſerrer les brides.
Ta uieille ieuneſſe, & tes ans
En mille uertus reluiſans,

C iÿ

Affin que ie te face croire
Que la nourriture d'un roi
De bien loin nos rimeurs surmonte,
Lors que hardie elle raconte
Vn uaillansage comme toi.

Antistr.

Nul n'est exent de la fortune,
Car sans egard elle importune
Et peuples, & rois & seigneurs:
Cadme sentit bien sa secousse
Et dequel tonnerre elle pousse
Les princes hors de leurs honneurs.
Mais tout ainsi que les flambeaus
Ou du souleil, ou d'une etoille
Tout soudain treluisent plus beaus
Apres qu'ils ont brisé leur uoile,
Ainsi apres ton long seiour
Tu nous éclaires d'un beau iour,
Aians connu par ta presence
Combien nous nuisoit ton absence,
Priués de ton oeil qui sçait uoir
Les piés boiteus de la malice,
Si pres oeilladant la police
Que rien ne le peut deceuoir.

Epod.

Et qu'esse que des mortels?

Si

Si au matin ils fleuriſſent
Le ſoir ils ne ſont plus tels
Pareils aus champs qui feniſſent :
Nul iamais ne s'eſt uanté
D'auoir conſacré ſa gloire,
Si la Muſe n'a chanté
Les hinnes de ſa memoire.
C'eſt à toi Roi, d'honorer
Les uers, & les decorer
Des preſens de ta hauteſſe,
Pouſſe ma nef ie ſerai
Des premiers qui paſſerai
Mes compagnons de uiteſſe.

Str. 9.

Plus toſt que les feus ne s'elancent
Quand au ciel les foudres nous tancent
Ie courrai dire aus eſtrangers,
Combien l'effort de ta main deſtre
Maniant le fer, eſt adeſtre
A briſer l'horreur des dangers,
Et de quel ſoin prudent & caut
Ton peuple iuſtement tu guides,
Apris au meſtier comme il faut
Lui lacher & ſerrer les brides.
Ta uieille ieuneſſe, & tes ans
En mille uertus reluiſans,

M'inspirent unc uois hardie,
Et me commandent que ie die
Ce regne heureus & fortuné,
Sous lequel des Parques l'ainée
Auoit chanté des mainte année
Qu'un si grand Prince seroit né
Antist.

Pour gouuerner comme un bon pere
La France heuresement prospere
Par les effaits de sa uertu.
Rien ici bas ne s'acompare
A l'equité diuine & rare
Dont un monarque est reuetu.
Aussi qu'est il plus uitieus
Que leur peché tant soit il mince?
D'autant que mil' mille & mille yeus
Auisent la faute d'un Prince.
N'ecoute point les detracteurs,
Et fui de bien loin les flateurs
S'ils ueullent oindre tes oreilles
De fausses & uaines merueilles,
Fardant sous uaine autorité
Le uain abus de leurs uains songes,
Sutils artizans de mensonges
Qui uont pipant la uerité:
Epo.

L'un

L'un se ronge le cerueau,
L'autre medit & raporte
S'il sent qu'un esprit nouueau
Nouuelles chansons aporte.
Ce pandant l'innocent fait
Preuue de sa patience,
Sachant que Dieu tout parfait
A tout fait par sapience:
Lequel ne sçauroit laisser
L'orgueil sans le rabaisser
Pour hausser la chose basse,
Otant l'honneur d'un qui l'a,
Il le donne à cestui là
Qui par raison se compasse.

Stro. 10.

Il faut qu'en me parant i'euite
L'escrime de leur langue, uite
A tirer l'estoc dangereus:
Si est ce que i'oi tousiours dire
Qu'un homme engresse de medire
Megrist à la fin malheureus.
Ils n'ont point le iapper si beau
Que leur caquet te force à croire,
Qu'un blanc habit orne un corbeau
Ou bien que la nege soit noire:
Ton iugement connoist assés

Les uers qui sont bien compaßés,
Et ceus qui trainent une enuie,
Et ceus qui languißent sans uie,
Enroués, durs, & mal plaisans:
Par trét de tens les flateurs meurent,
Mais les beaus uers touiours demeurent
S'endurcißans contre les ans.

       Autist.

Prince, ie t'enuoie cette Ode,
Trafiquant mes uers à la mode
Que le marchant baille son bien
Troque pour troq', Toi qui es riche,
Toi roi de biens, ne soi point chiche
De changer ton present au mien.
Ne te laße point de donner,
Et tu uerras comme i'acorde
L'honneur que ie promai sonner
Quant un present dore ma corde.
Presque le los de tes aieus
Est preßé du tens enuieus,
Pour n'auoir eu l'experience
Des Muses ne de leur science:
Mais le uuide de l'uniuers
Est plein de la gloire eternelle
Qui fait flamber ton pere en elle
Pour auoir tant aimé les uers.

Epo.

Dieu ueille continuer
Le sommét de ton empire,
Et en rien ne le muer
Echangeant le mieus au pire:
Puisse il encor desous toi
Donter l'Espagne affoiblie,
Grauant bien auant ta loi
Dans le gras champ d'Italie:
Auienne aussi que ton fis
Suruiuant ton iour prefis
Borne aus Indes sa uictoire
Riche de gain & d'honneur,
Et que ie soi le sonneur
De l'une & de l'autre gloire.

Fin.

ΣΩΣ ΟΤΕΡΡΑΝΔΡΟΣ.

DE LA PAIX, FAITE
par le Roi auec les Anglois.

Sonnet.
Par Sainte Marthe.

L E Roi Henri, prince uaillant & sage,
Aiant les forts de Bouloigne conquis,
A pour iamais, entre les preus, acquis,
Titre & renom d'heroique courage.

Depuis

Depuis, combien qu'il eust son equipage
Prest à marcher comme en guerre est requis
A par accord le surplus reconquis,
Aiant du droit manifeste auantage.

Le premier acte est noble & glorieus:
Mais le second n'est moins uictorieus:
Car moins n'aura la uictoire gaignée,
Qui les siens sauue, & bonne paix acquiert:
Que qui par force ou defend ou conquiert,
Quand en son sang sa uictoire est baignée.

SONNET SVR LA PAIX,
par Pierre des Mireurs.

QVel haut honeur, quelle gloire excellente,
Quel grand triomphe ont merité d'auoir
Les Rois qui ont si bien fait leur deuoir,
Rompant de Mars la fureur uehemente!
Discorde fiere, & Guerre uiolente
Sont à l'enuers, sans force, ne pouoir
De nous troubler, surprendre, ou deceuoir,
Par Atropos que Paix rend froide & lente.
Prince François, ce tien los meritoire
Acquiert icy nom d'immortelle gloire.
O prince Anglois, les peuples soulagés
Sentent les fruis de Paix tant desirée!
Prince du ciel, soubs qui sommes rengés
Fai qu'elle soit d'eternelle durée.

Ignoti nulla cupido.

www.ingramcontent.com/pod-product-compliance
Lightning Source LLC
Chambersburg PA
CBHW070304220626
46818CB00018B/2403